가장 소중한 선물

가장 소중한 선물

조 양 우 제2시집

동산문학사

두 번째 시집을 내면서…

시와 수필을 쓴다는 것은 고독한 작업이다. 그리고 그 글을 공개했을 때 읽는 이의 반응에 궁금함을 넘어 두려움까지 느낀다.

그러면서 왜 그런 일을 하느냐? 글쓰기를 통해 지난 삶에 대한 반성과 현재와 미래에 대해 다짐하기 위해서다. 다시 말해, 내가 한 말이나 글을 쓰며 스스로 실천해보고 싶기 때문이다.

물론 글쓰기는 고독한 작업이다. 하지만 내 곁에는 언제부터인가 책이 있다. 책은 속이 깊은 친구다. 쓸쓸하고 결핍감에 시달릴 때 우울한 마음을 달래주는 벗이다. 책을 통해 시간과 공간을 뛰어넘어 수많은 타자를 만나고, 이들을 통해 나 자신을 새롭게 발견한다. 글쓰기를 지속하는 원동력은 거기에 있지 않나 싶다.

그래도 시나 글을 쓰고 나면 허전하다. 매번은 아니지만, 글에 대한 확신이 서지 않을 땐 아들에게 검증(?)을 부탁한다. MZ의 가장 윗세대인지라 세대 차이에서 오는 관심과 인식의 차이를 알고 싶어서이다.

그때마다 아들은 정확히 지적한다. 주로 '왜?, 그래서?'이다. 우리 세대는 명분에 강하기 때문에 당위성을 주로 강조한다. 그런데 MZ세대들은 실용성과 합리성을 따지기 때문에 '그래서 어쩌라고?'가 추가된다. 맞는 견해라고 생각하기에 완결성이 높아지는 것 같다. 글을 주고받으며 아들로부터 배우는 것이고, '지혜는 물음에서 생긴다.'라는 영국 속담에 부합되는 것이다.

혼자만의 생각이 아니라 다른 사람의 생각과 섞일 때보다 더 괜찮은 생각으로 발전하는 것이기에 묻고 글을 쓴다. 1집에서 언급한 바와 같이 '공감과 표현은 능력이 아니라 기술이다.'라는 말처럼 기술을 연마하기 위해서 나는 오늘도 글을 쓴다.

2024년 정월에

學岩 조양우

1 그냥 살라 하네

2 가장 소중한 선물

3 행복의 기대치

4 커피를 마시며

5 시가 되게 하소서

제1부

그냥 살라 하네

그냥 살라 하네

그냥 그렇게 웃으면서
살라 하네

화나면 화내고
슬프면 눈물짓고

기쁘면 기뻐하고
사랑하면 사랑하고

좋으면 좋다 하고
싫으면 싫다 하고

그냥 그렇게 살라 하네

이별하자고 하면
이별하고

다시 만나자고 하면
다시 만나고

추우면 추운데
더우면 더운 대로

가난하면 가난한 대로
없으면 없는 대로

비 오면 비 맞고
눈 오면 눈맞고

바람 불면 부는 대로
살아 있음에 감사하고

그냥 그렇게 살라 하네.

길을 나섭니다

옷깃을 여미고
여행을 떠나듯
대문을 열어젖히고
길을 나섭니다

거울에 비친 내 모습
세월의 흔적을 지우고
싶어 보고 또 보고
길을 나섭니다

골목길 돌아가다
잠시 멈춘 듯
뒤돌아보고
아무렇지도 않은 듯
길을 나섭니다

생각도 없이
거침도 없이 가다가
길이 없어 돌아갈
때도 있지만
길을 나섭니다

덤으로 사는 생명이기에
가는 곳까지 가려고

길을 나섭니다

때로는 무섭기도
외롭기도 하지만
혼자 갈 수밖에 없어
길을 나섭니다

어디까지 가야 할지
그곳이 어디인지도
나도 알 수가 없지만
나는 길을 나섭니다.

척

없는 척도
있는 척도

못난 척
잘난 척

그런 척도
아닌 척도

아는 척
모른 척

싫은 척도
좋은 척도

기쁜 척
슬픈 척

진실일까?
가식일까?

진실인 척도
가식인 척도

척하는 삶에서
솔직한 삶으로
살아가야 한다.

겨울꽃

땅을 보고 피어나는
하얀 겨울꽃

땅을 짚어보겠다고
몸부림치며 커나가는
수정처럼 맑은 꽃

하늘이 땅이고 땅이
하늘이라는 것을

하늘 보고 자라나는
하얀 겨울꽃

때로는 자라지도
않는 몸으로
땅을 짚어보겠다고
추락하는 어름 꽃

한 송이 눈꽃이
눈물 되어
방울방울 먹고 자란

땅을 향해 자란
거꾸로 매달린 꽃

겨울에 태어나서
땅을 보고 비상하며
자라나는

수정처럼
맑은 하얀 겨울꽃.

꿈으로 오는 사랑

밤하늘에 수많은
은하수 별이 되어

나에게 쏟아져
내려오는 여자

잔잔한 파도보다
거침없고 쉼 없이

내 가슴으로 파도쳐
다가오는 여자

정열적이고
황홀한 장미 향처럼

신비로운 향기로
내게 다가오는 여자

내 심장을
멈추게 하고

그녀의 손길에 내 심장이
타 죽을 수 있게 한 여자

부드럽고 신비한
천사의 입맞춤으로

온몸의 전율을
느끼게 하는 여자

가진 것 다 주고
내 삶까지 다 주고도

아깝지 않은
아름다운 그런 여자

내게 꿈으로
오는 사랑이고

나에게 꿈으로
다가오는 뜨거운 여자

내 사랑
다 주고도 더 이상

줄 곳이 없는
가냘픈 여자

내 사랑 꿈으로 오는 여자.

단풍잎을 닮은 여자

맑은 눈빛과 뽀얀
얼굴이 하얀 눈보다
더 눈부신 여자

양 볼에 빨갛게 단풍 들어
가을바람에 춤추는
산소 같은 여자

높고 높은 푸른 하늘 아래
단풍나무 사이로
성큼성큼 걸어가는 여자

겨울을 닮은 여자보다는
가을을 닮은 여자를 사랑하는 것이
사치스러울 것 같은 여자

단풍에 물들어있는 화려한
가을 여자 가을 닮은 여자가 더
화려하게 느껴진 여자.

잠깐, 쉼

가파르고 힘들어도
쉴 틈 없이 달려온 길
우리 잠깐 쉬어가자

두 다리가 아파도 가야 할 길이 멀어
쉼 없이 걸어온 길
우리 잠깐 쉬어가자

수억만 리 쉼 없이 날아온 철새도
한겨울 쉬어가듯
우리 잠깐 쉬어가자

조금 천천히 걷고
풀숲에 잠깐 누워 쉬어간다고 해서
누가 뭐라 하겠는가?

힘들어서 아파서 쉬는 것이 아니고
그 길을 꼭 가야 하는
길이어서 쉼 없이 걸어가지만

우리 잠깐 쉬어가자.

꽃 사랑

동백꽃 같은
여인의 가슴속에
피어있는 겸손에 사랑

장미꽃 같은
뜨겁고 정열과
행복에 찬 애정에 사랑

아카시아꽃 같은
비밀스럽고 숨기고 싶은
신비한 사랑

수레국화꽃 같은
사랑받고 싶고
사랑을 원하는 사랑

선인장꽃 같은
내 마음 당신 사랑으로
불타고 있는 사랑

철쭉꽃같이 뜨거운
사랑을 즐기고
사랑할 줄 아는 사랑

틀립꽃 같은
사랑을 고백하고
매혹적으로 유혹한 사랑

호접란꽃 같은
당신을 영원히
죽도록 사랑합니다

내 사랑, 사랑 꽃은
내 가슴 내 마음에 당신 꽃을
영원히 간직한 사랑.

커피를 마시며

별빛 하나 없는
칠흑같이 어두운

밤하늘을 살포시
두 손으로 않고서

진한 향기가 있는
까만 먹물에 입술을 적시며

코끝에 매달려있는
그 향기에 취하여

뜨거운
찻잔 속에 비친
희미한 내 모습은
초라하기 그지없고

진한 커피 향 가득한
카페 창 너머에

떨어질 듯 매달려있는
나뭇잎은
외롭게 흔들리네

칠흑같이 어두운
밤하늘에
화산처럼 끓는듯한

진한 향기 토해내는
까만 먹물도

진한 커피 향이
코끝을 자극하고

그 향이 좋아
나는 뜨거운 커피를 마신다.

가을이 떠나갑니다

바람에 우수수 떨어지는 단풍잎과 함께
도랑물에 흘러 가을이 떠나가고 있습니다

잊으려 해도 아름답던 모습이 더욱 떠올라
가슴속에 남아 있는 가을이 떠나가고 있습니다

더 이상 아름다울 수 없어 더 이상 당신에게
보여줄 것이 없기에 떠날 때 떠나는
가을을 이제야 알 것 같습니다

뒤돌아서서 보면 볼수록 아름답고
참 좋은 가을이었습니다

가을이 떠나가고 있습니다
떠날 때 떠나는 가을을 이제야
알 것 같습니다.

오늘도

오늘도
즐겁고 기쁜 마음으로
하루를 시작하고 만나는 사람마다
웃음을 주는 날로

오늘도
고운 향기를 풍기는 멋스러운 삶을
마음껏 즐기는 날로

오늘도
맑은 호수같이 푸른 삶을 마음껏 펼치면서
행복한 삶을 사는 날로

오늘도
세상에서 가장 아름다운 꽃인
좋은 사람 만나 기쁨과 행복을
나누는 날로

오늘도
오늘 하루도 기쁘게 감사하고
좋은 날로.

봄동

세찬 눈보라가 치고
비바람 불어
하늘 멀리 날아갈까 봐 봄동은
겨우내 납작 내려앉자 버티고

엄동설한 눈보라에
살아남아야 하기에
땅에 온기로 체온을 유지하려
엎드려 봄을 기다리며

언 땅에 따뜻한 온기가
내려오고 아지랑이 뭉게구름 피어오른
봄날 푸른 잎 하늘 보며
반가워 손짓하고

겨우내 추위를 이겨내려고
납작 엎드린 봄동은
봄나물 캐는 아낙네의
손길을 오매불망 기다리네!

삶이란

삶이란 마음 먹는 대로 되지 않은 것이 삶이다
그러나 마음 쓰는
데로 펼쳐지는 것 또한 삶이다

우리 삶 속에 수많은 파도를 만나지만
그 파도 역시 우리가
오롯이 감당해야 할 삶의 몫이다

우리 삶에 많은 아픔이 오지만 그 아픔 또한
그 누구도 대신해서
아파해 줄 수도 없을 것이다

마음먹은 삶이나
수많은 파도를 만나는 삶도
그 아픔을 대신해줄 수 없기에

우리 그 삶을 슬기롭게 극복해야
아름다운 삶일 것이다.

하지

겨울은 낮이 짧아지고
밤은 길어진다고 하지

여름은 낮이 길어지고
밤은 짧아진다고 하지

그래서
남은 삶은, 더 뜨겁게 사랑하기로 하지

일월이 오고 나면 십이월이 오고 세월이
참 빠르기도 하지

새싹을 보고 나서 하늘 한번 보고 나니
단풍 구경 간다고 하지

그래도
손자 손녀 크는 걸 보면
기쁨을 감출 수가 없다고 하지

지금부터라도 욕심과 불평불만을
그만 부리기로 하지

있으면 있는 대로 없으면 없는 대로
그러면 그렇게 아름답게 살아가기로 하지.

우리 사랑에

우리 사랑에 찬 바람이 불어도
그대가 거기 서 있으면 낙엽이 되어
당신 가슴에 내려앉으리

우리 사랑에 소낙비가 내려도
그대가 그곳에 서 있으면
빨간 우산을 들고 당신 곁으로 다가서리

우리 사랑에 눈이 내려도
그래도 그대가 그곳에 서 있으면
나 한 송이 눈이 되어
당신에게 살포시 내려앉으리

우리 사랑에 찬 바람이 불어
낙엽으로 날리거나
비바람이 불고
눈보라가 내려쳐도

그대가 거기 그곳에 있다면
살포시 끌어안아
내 체온을 당신에게 전해줄 것입니다.

내 삶의 마지막 날

한세상 뭐 하고 살았냐고 묻는다면
그냥 그렇게 살았다고
말할 수는 없을 것이다

누구를 얼마만큼 사랑하고
몇 명이나 사랑하였냐고 묻는다면
나는 무어라 대답할까

이 세상 살아오면서 누구를 얼마만큼 미워하고
몇 명이나 미워했냐고 묻는다면
나는 무어라 대답할까

그냥 그렇게
살아왔다고 말할 수는 없을 것이다

한평생 살면서 누구를 얼마큼 도우며
몇 명이나 도와주었는지 묻는다면
나는 무어라 대답할까

평생 살면서 누구에게 얼마만큼 상처를 주고
아무렇지도 않은 듯 살아왔느냐고 묻는다면
나는 무어라 대답할까

그냥 그렇게 살아왔기에

사흘간의 삶을 준다면
사랑 찾아 감사하고
미움 찾아 용서받고
가진 것 조금씩 나누어 주고
그냥 그렇게 살다 왔다고 말할 것이다.

나는 알았다

어떤 사랑은 눈물로 마침표를 찍고
어떤 사랑은 기도로 느낌표를
찍는다는 것을

금은보화를 담으면 보물상자가 되고
쓰레기를 담으면 쓰레기 상자가
된다는 것을

행복을 찾아가는 길은
두 손을 마주 잡고 함께 웃으면서
걸어가야 한다는 것을
나는 알았다

내가 너무 불행하다는 것은
그건 불행한 것이 아니고
내가 조금 덜 행복하다는 것을

자연에서 배우고 마음을
비우면서 아름다운
삶을 살아가야 한다는 것을

가장 현명하고 빈틈이
없는 사람이 아니고 쉴 틈과 빈틈을
잘 만든 사람이라는 것을

나는 알았다
이 세상 어떻게 살아가야 한다는 것을
이제야 나는 알았다.

미안하다 사랑아

그때는 사실 내가 너를 잘 몰랐다
항상 내 곁에 있는 당신이
사랑인 줄 나는 몰랐다

허리 아파 힘들어할 때
밤새도록 등 두드려주는 당신이
사랑인 줄도 나는 몰랐고

힘들어하고 우울할 때
따뜻한 말 한마디
위로가 사랑인 줄도 몰랐으며

따뜻한 밥 한 그릇에 정성과 사랑이
담겨있는 줄도 나는 몰랐고

두 손을 잡아주고 넘어지면 일으켜주고
옷에 묻은 먼지를 털어주는 것도
나는 사랑인 줄 몰랐다.

미안하다 사랑아
이제야 나는 너를 알 것 같다
내 곁에 모든 것이 사랑인 것을.

조양우(3행시)

조 용하고 아름다운 카페에서
조 심스럽게 뜨거운 커피를 마시며

양 손에 커피잔을 감싸 들고
양 우는 커피 향에 취해 본다

우 중에 날씨지만 커피가 있고
우 리 함께라서 더 좋다.

별것 없더라

이 세상 살아보니 별것 없더라

먼 하늘 바라보며 아지랑이 좋다 하고
꽃구경하고 나니 봄날은 가고
참 별것 없더라

매미 울음소리 들려오고 나무 그늘에서
부채질 몇 번 하고 나니 여름도 가네
참 별것 없더라

단풍 구경하고 그 잎 떨어져
길거리 바람에 날려 뒹굴더니 가을도 훌쩍 가고
참 별것 없더라

하늘에서 하얀 꽃 내려와
그 꽃 가슴에 안고 하늘 한번 쳐다보니
그렇게 겨울도 가버리네

이 세상 살아보니 참 별것 없더라.

사랑하는 것보다

그대를 사랑하는 것보다
아름다운 무지개는 없을 것입니다

그대를 사랑하는 것보다
반짝이는 별빛은 없을 것입니다

그대를 사랑하는 것보다
붉은 노을빛은 없을 것입니다

그대를 사랑하는 것보다
따뜻한 햇볕도 없을 것입니다

그대를 그리워하는 일보다
그대를 기다리는 일보다
그대를 생각하는 일보다

더 큰 사랑은 없을 것입니다.

어느새 황혼으로

어느샌가
황혼빛이 찾아온
노년의 길에서

높은 하늘을 바라본다.

떠오르는
밝은 해를
언제까지 볼 수 있을지

안개 같은 인생길에서

파란 잎 단풍으로
물들어 가을바람에
떨어진 아픔으로

꽃피어
꽃잎 지고 떨어진
황혼의 길이지만

꽃길을
걸어가는
멋진 황혼이 되고 싶다.

제2부

가장 소중한 선물

가장 소중한 선물

부모님께서
가장 큰 선물로 나에게
생명을 주셨습니다

하느님께서
나에게 가장 위대한 선물로
나에게 잘 쓰라고 시간을 주셨습니다

나에게 주신 생명과 시간이 있기에
당신을 사랑할 수 있고 당신이 없다면
생명과 시간이 필요 없습니다

나에게 따뜻한 온기와
건강한 두 팔을 덤으로 주셨습니다

당신을 두 팔로 안아서 내 체온을
당신에게 전해줄 수 있어서 감사합니다

부모님께서 나에게 언제든지
당신을 보고 싶으면 달려가라고
두 다리를 주셨습니다

시간과 생명을 주신 은혜에 감사하고
생명으로 당신에게 사랑을
시간으로 당신에게 행복을 선물하며
아름다운 삶을 당신과 함께할 것입니다.

나는 바다가 좋다

나는 푸른 바다가 좋다.
하얀 물거품으로 분칠하고 소리 내
울음 우는 그런 바다가 좋다.

일렁이는 손짓으로 조약돌 부딪쳐
노래하는 파도가 있어
나는 그런 바다가 좋다

수평선 뭉게구름 갈매기 친구 되어
하늘 멀리 자유롭게 날아오른 갈매기가 있어
나는 그런 바다가 좋다

별빛 하나 바람 한 점 없는 암흑바다에서
가끔 들려오는 뱃고동 소리가 있어
나는 그런 바다가 좋다

타오를 듯 끓은 붉은빛 지나가고
파도 소리만 들려오는
나는 그런 바다가 좋다

어두움이 밀려오고 밤이 깊어도
잠들지 못하고 밀려오는
파도가 있기에 나는 그런 바다가 좋다

나는 그런 바다가 좋아서
오늘도 바다로 간다.

사랑아

사랑아
널 만나러 어디까지 가야 하니 거친 파도가 있는
머~언 수평선 끝까지 가야 할까

사랑아 널 찾으러 비바람 몰아치는
황량한 들판 끝 지평선까지
널 찾으러 가야 할까

사랑아 네가 있는 그곳은
아지랑이 뭉게구름 피어오른
산 넘어 깊은 곳에 숨어있는 것이 아닐까

사랑아 네가 숨어있는 그곳은 무지개가
떠 있고 예쁜 꽃 피어있는
아름다운 꽃밭일 거야

사랑아
네가 있는 그곳에 슬픔과 아픔이 있다면
나는 그곳으로 가지 않을 거야

사랑아
슬픔과 아픔 없고 우리 둘 사랑만 있는
그곳에서 영원히 아름다운 사랑으로 남고 싶구나!

별

별밤에 수많은
밤하늘 별을 보면서

별것도 아닌 것이
우울하게 만들고

별것도 아닌 것이
일거리 만들며

별것도 아닌 것이
힘들게 만드네

별것도 아닌 것이
기쁘게 만들며

별것도 아닌 것이
기분 나쁘게 한다.

별일이야 없겠지만
별것도 없이 살아가고

그렇게 별일 없이
살아가는 삶이었으면
나는 좋겠다.

인생길 2

걷고 뛰어가고 그 길을
쉼 없이 걸어가야 합니다

오르고 오르고
또 올라가야 하기에
힘든 길을 걸어갑니다

부모로서 가야 할 목적지를 향에서
숨차고 힘들지만
그 길을 꼭 걸어가야 합니다

때로는 포기하고 싶어도
부모로 만난 책임을 다하기 위해
나는 그 길을 가야 합니다

부모로서 가야 할 종착역은
어디인지 나도 모릅니다

우리 가족 웃음소리가 있고
행복이 있는 곳이라면
종착역이라 할 것입니다

난 그곳까지 쉼 없이 걸어갈 것입니다.

머니(Money)

뭐니 뭐니 해도 머니가
무기고

뭐니 뭐니 해도 머니가
힘이다

뭐니 뭐니 해도 머니가
최고

기분 좋게 할 수도
찾아오게 할 수도
돌아가게 할 수도

뭐니 뭐니 해도 머니가
깡패다.

쉿!

세상에
경험만 한 스승은 없지

삶은 언제나
그의 문하생일 뿐이니까.

슬프고 아픈 것이

세상에 슬픈 것이 너뿐이겠어
화려했던 별도 떨어지면서 눈물 흘리고
강물도 떨어지면 폭포 되어 소리 내 울음 울고

보름달도 슬프면 달무리 한다는 것을
세상에 아픈 것이 너뿐이겠어

단풍잎도 떨어지는 아픔이 있고
꽃잎도 떨어지는 아픔이 있다는 것을

잔디도 밟으면 멍들고 아픔이 있고
감나무 홍시도 땅에 떨어지면 아픔이 있다는 것을

밤톨도 땅에 떨어지면서 소리 내 아픔 있고
누런빛 모과도 땅에 떨어지면서 아픔이 있다는 것을

이 세상 모든 것이
아픔과 슬픔이 있다는 것을
나는 알았네!

여보

여보 고맙습니다
다음 생에 한 번 더 만납시다

아무래도 이번 생에는 당신 덕을
크게 본 것 같아요

부부란
기뻐서 소리치고
슬퍼서 숨죽이고
평생의 연인이자
원수가 부부라잖소

여보
아무래도 이번 생에는 당신 덕을
많이 본 것 같아요

여보
다음 생에 한 번 더 만납시다

아프게 한 빛
슬프게 한 빛
힘들게 한 빛

기쁘고 행복한 삶으로
아름답고 무지갯빛 삶으로

당신에게 영원히 꺼지지 않은
삶에 불빛이 되겠소

여보
다음 생에 한 번 더 만납시다.

당신과 인연

정도리 갯돌밭에서
가장 반짝이는 돌
하나를 가슴에 안았습니다

정동진 넓은 백사장
수많은 모래알 중
하나가 아내였습니다

백양사 수많은
홍단풍 중에서
붉은빛 단풍 한 잎이

당신이라는 것을
나는 알았습니다

하늘에서 내려오는
하얀 눈송이 중
가장 크고 예쁜 눈송이가

당신이라는 것을
나는 알아봤습니다

봄바람에 휘날리는
벚꽃 잎 중 가장 멀리

날아오는 꽃잎이

당신이라는 것을
나는 금방 알 수 있었습니다

하얀 목련꽃이 피고
목련 꽃잎 떨어질 때
당신이라는 것을 알았기에

목련 꽃잎 두 손으로
살포시 받아 들고 뜨거운

내 가슴으로
사랑하였습니다.

수아 수호 유리야

좋은 것
먹고 싶은 것 많이 먹어라
그리고 힘있게 많이 싸거라
네 똥 냄새 장미꽃 향기보다 좋구나

마시고 싶은 과일주스
마시고 싶은 것이라면 많이 마시고
힘차게 싸거라
네 오줌 냄새 명품 향수보다 좋구나

수아 수호 유리야

울고 싶으면 소리 내
큰 소리로 울어라, 그 울음소리
어떤 음악 소리보다 좋구나

두 눈에서 맺혀있는 눈물방울
아침이슬보다 맑고 보석보다
영롱하게 반짝이는구나

많이 먹고
많이 싸고
많이 울고

건강하고 씩씩하게
자라나는 모습을 할매 할배는 보고 싶구나!

일곱 번의 횡재

1984년에 봄에 피운 예쁜 꽃 중에서
나에게는 가장 소중한 장미꽃
한 송이 가슴에 안았습니다

1985년 겨울 하늘에
수많은 별 중 은하수 다리 건너
사뿐히 내려온 큰 별 하나를

1987년 무더운 여름날 지평선에서
힘차게 달려온 갈색빛 야생마
한 마리 득템 하였고

2009년 오월의 봄과 함께 하느님께서
고귀한 생명과 아름다운 제2의 삶을
덤으로 내게 주셨습니다

2016년 목련꽃처럼 하얀 꽃과 함께
우리 집 텃밭에 예쁜 노랑나비
한 마리 식구 되어 날아 들어오고

2020년 겨울 눈에 넣어도 아프지 않을
병아리 한 쌍이
무지개 타고 집으로 들어오는 횡재 하였습니다

2022년 가을 이슬처럼 맑고
보석같이 반짝이는 유리가
집으로 날아오는 또 한 번의 횡재!

지금껏 살아오면서 일곱의 횡재

평생 함께할 사람 만나 평생 언약하고
천사 같은 예쁜 딸 태어나니
든든한 야생마 같은 아들까지

기적처럼 나에게 덤으로 주신 생명으로
감사한 삶을 영위하며

또 한 명의 천사가
우리 집식구로 들어오는 기쁨을

눈에 넣어도 아프지 않을
한 쌍의 병아리가 할배 할매 품으로

또 한 번의 기쁨으로 예쁜 병아리가
가을바람 타고 하늘에서 내려오고

아름다운 세상 속에 이런 황제가
또 있을까?
일평생 삶 속에 일곱 번의 횡재
감사합니다. 감사할 수밖에 없습니다.

알바트로스

태평양 거친 파도
조그만 섬 이즈제도

긴 날개 펼쳐 들고
높은 하늘 날고 있는
바닷새 알바트로스

백색 얼음 거친 바람
베링해 알래스카
긴 나래 펼치며 한껏
뽐내고

파 파이브 티샷은
알바트로스 날갯짓에
멋지게 날아가네.

세컨드 샷 삼 번 우드
백색 볼 비행하며
홀컵에 안착하는
멋진 새 알바트로스

알바트로스 울음소리
홀컵에서 울리고
오로라 춤추듯
푸른 잔디 걷고 있네.

홀인원(hole in one)

행운에 여신이여 내게 돌아오라
백색 볼 비행하며 홀컵에 안착하는 행운의 순간을

파 쓰리
파 버디 행운의 홀인원
골퍼라면 한 번의 짜릿함을
맛보고 싶은 행운을

아이언 7번의 힘찬 스윙으로 포물선을 그리며 비행하는
백색 볼 홀컵 향해 멋지게 날아가고

그린에 안착하여 잔디에 상처 주고
홀컵 향에 굴러가는 백색 볼

행운의 순간인가
시야에서 감쪽같이 사라진 백색 볼

멀리서 들려오는 아지랑이 춤추듯
홀컵에서 들려오는 울음소리

기쁜 발걸음 뛰는 가슴을 안고
홀컵 속에 숨어있는
백색 볼 사뿐히 꺼내 든다

홀인원(hole in one).

연리지 부부

몰래 한사랑이라 바람결에 부딪혀서
얼굴 붉힌 날도 많았지만

그새 정들어 푸른 잎으로 화장하고
꽃피는 날에는 웃음으로 사랑을

비 오는 날에는 기쁨에 눈물 흘리며
눈 오는 날에는 둘이서 뜨거운 몸짓으로 사랑을 하고

깊은 땅속뿌리부터 정들고 얽혀서
아무도 몰래 한사랑

그 사랑 뜨거워 빨갛게 물들어
단풍잎 되어 떨어지고 몰래 한 연리지 사랑
영원한 연리지 사랑이라.

까치밥

하얀색 털모자 동백꽃 같은
빨간 얼굴

나뭇잎 하나 없는 앙상한 가지에
떨어질 듯 대롱대롱 매달려 있는
홍시 하나

깨금발로 긴~장대 휘둘러도 딸 수 없어
넉넉한 농부의 인심으로 까치설날 차례상 까치밥

겨울 찬바람에 흔들려
떨어질 듯 매달린 대롱대롱 까치밥
위태롭기만 하고

기다림에 지친 빨간 홍시 까치밥
바람결에 손 흔들며
까치 손님 어서 와라. 오매불망 기다리네.

참! 떨리는 사랑

당신을 만난 후에
내 가슴 깊은 곳에서
꽃이 피기 시작하였습니다

하지만
오늘은 당신을 생각하지도 않았는데
내 가슴 깊은 곳에 꽃이 핍니다

당신을 만난 후에
내 눈에는 밤하늘에
반짝이는 별들만 보입니다.

하지만
두 눈을 감고 밤하늘
보지도 않았는데 아름다운 은하수가
내 눈에 반짝입니다

당신을 만난 후에
마른 낙엽에 불꽃이 일어서 활활 타오르는
모닥불 같은 뜨거움이
가슴에 전해옵니다

그리고
당신을 만난 후 내 가슴에는
매일 사랑 꽃이 피어납니다.

당신

동백꽃보다
더 정열적인 여인으로
목련꽃보다
더 고귀한 여인의 삶으로

아카시아꽃 같은
신비스러운 여인
철쭉꽃같이
사랑할 줄 아는 여인

동백꽃으로
목련꽃으로

아카시아꽃으로
철쭉꽃으로

피고 지더니
이제는 내 가슴속 깊은 곳에
사랑 꽃으로 피었네!

그대와 함께라면

겨울에는
펑펑 눈 내리는 강변 카페에서
뜨거운 커피를 마시겠어요

따뜻한 봄날에는
아지랑이 피어오른 양지바른 카페에 앉아
봄 향기 진한 쑥 차를

여름날에는 거친 파도 소리와 함께
바닷가 예쁜 카페에서
얼음 커피를 뜨거운 가슴으로

가을에는 단풍잎 떨어지는 야외카페에서
붉게 물든 그대 두 눈빛의
진한 사랑을 마시겠어요.

당신의 눈에서

아침에 붉게 떠오른
태양을 바라보다가
당신의 두 눈 속에 뜨는
뜨거운 사랑을 나는 보았고

저녁에 지는
태양을 바라보다가
당신의 양 볼에 붉게 물든
아름다운 노을을 보았습니다

저녁에 뜨는
둥근달처럼
당신 얼굴에

비친 천사 같은
행복한 미소를
나는 보았으며

당신의 사랑이란

아침에
떠오른 태양처럼
붉게 물든

서산에 노을처럼
저녁에
떠오른 둥근 달처럼

당신의
미소와 붉은 얼굴에
뜨는 여명같이

밝아오는
사랑을
나는 보았습니다.

겨울이어서 더 좋아라

겨울이어서 더 좋다

하늘에서 피는 하얀 꽃
앙상한 가지에 수북이 내려앉아
대롱대롱 매달린 노란 은행잎과 어울리고

가을 단풍 떨어져서
바람에 날리고
겨울은 하얀 천사의

눈물처럼 눈송이가
하늘에서 내려오는
겨울이 나는 좋다

눈 내리는 날이면
어릴 적 친구들과 눈썰매 타고
팽이치기하는 추억이 생각나는

그런 겨울이어서 좋다

바람 부는 날이면
따뜻한 양지바른 언덕에서

모닥불에 군고구마 구워 먹던
친구들이 생각나서

나는 그런 겨울이 좋다.

봄소식

얼음장 같은 언 땅에 서
새초롬히 피어나는 여린 새싹
봄소식 전해주고

무슨 미련으로
앙상한 나뭇가지 떠나지 못해
봄바람에 떨어질 듯 매달려있는
단풍잎은 외로워 보이네

살랑거린 봄바람 타고
내 임 소식 올까 애타게 기다리는
안산 여인 가슴에는 멍이 들고

꽃, 바람 봄 향기에 내 임 오시거든
와인잔에 별을 담아 입술 담그고
별과 함께 내 임 향기 고이 간직하리라.

제3부

행복의 기대치

행복의 기대치

행복하지 않다고 생각하면
행복해지지 않는 것이고

불행하다고 생각하는 것은
내가 조금 덜 행복하다는 것이다

그러나
언제나 행복하다고 말하고
생각할 수는 없을 것이다

행복과 불행의 차이는
우리가 생각하는 마음에 있고
생각이 우리 삶을 이끌어간다

기대치를 낮추면 감사함 절로 생기고
기대치가 크면 불행하다는
생각이 더 클 것이다

행복의 기대치는 내가 생각하기에 따라
삶이 바뀌고 생각에 따라서 행복과 불행의 차이일 것이다.

편지

늦가을에 떨어지는
낙엽을 보며 그리운 이들에게
나는 편지를 씁니다

무더운 여름은 잘 이겨내고
아프지는 않았냐고
나는 그리운 이들에게
낙엽에 편지를 써서 보냅니다

삭풍이 몰아치는
겨울을 나기 위해 무엇을 준비하냐고
걱정스러운 이들에게
나는 편지를 써서 안부를 묻습니다

눈 덮인 땅속에서 땅의 온기로
납작 엎드려 버티고 있는 봄동에게
꼭 살아남아서 따뜻한 봄날에 만나자고
나는 편지를 씁니다.

세월

담 넘어 저만큼
가을 오는 발걸음 소리 들리더니

어느새
온산을 울긋불긋 물 들리고
뒷모습만 보인 채
가을은 미련 없이 떠나는구나!

색동옷처럼 곱게 단장한 자태로
빨간색 노란색 단풍잎은
가을바람에 춤추지만

저만큼 가고 있는
가을에 뒷모습은
쓸쓸하게 보이네

아름답고 예쁜 단풍잎도
화려한 색동옷도
가을바람에 춤추는 즐거움도

떠나는 가을 모습 보이지 않을 때
단풍잎은 메마르고

낙엽 되어 길 위에 뒹군다는 것을
나는 알았네.

내 마음

하루 온종일 비가 내리고
바람도 을씨년스럽게 부는 날입니다
오늘 같은 이런 날씨가
지금 내 마음입니다

깜깜하고 칠흑 같은 어두운 산길에
등 하나 없이 길을 잃어 헤매고
덩그러니 혼자인 듯한 느낌이
지금 내 마음입니다

칠흑 같은 어둡고 비가 내리는
을씨년스런 날씨가
계속된다면 아마 나는
마음에 창문을 닫게 될지도 모릅니다

그러나 내 마음 깊은 곳에는
맑고 깨끗한 희망의 샘터에서 당신이
오는 새벽을 기다릴지도 모릅니다.

일출의 기도

여명의 아침
실눈 뜨고 일어난 새해 첫날
처음 뜨는 태양은
내 마음을 뜨겁게 하고

우리 가족의 건강과 딸내미
부모 곁을 하루라도
빨리 떠나라고 기도하네

둥지를 떠나면
서운할 듯
슬퍼질 듯
아마 많이 걱정될 거야

하지만
둥지를 떠나야 할 인연이기에 서운하지만,
둥지를 떠나
새로운 둥지를 만들라고
기도할 수밖에 없네

떠나보내는 부모도
떠나가는 딸내미도
가야 하는 길이고

보내야 하는 길이기에
딸내미야
너와 나는 이 길을 가야 한다.

행복의 열쇠

행복의 열쇠는
금은보화가
들어있는

보물창고의
문을 여는
열쇠 구멍과는 맞지 않아요

행복의 열쇠는

행복의 마음에 문을
사랑의 마음에 문을 여는
열쇠 구멍과는 딱 맞아요.

자화상

지금 내 모습은 내가 아니다

방망이에 두들겨 맞은
북어 대가리
눈보라 맞고 비틀어 말라빠진
덕장의 황태같이

윤기 하나 없이
오일시장 건어물
가게에 걸려있는
문어 나 오징어처럼

빈센트 반 고흐 귀 잘린 자화상
두보의 얼굴에 깊은 팔자 주름

지금 내 모습은 내가 아니다

나는 나로 돌아가고 싶다
돌아갈 수 없는 모습이지만
나는 나로 돌아가고 싶다.

거름종이 팝니다

거름종이 가게를 기웃거리다
가게 문을 열고 들어섰다
가지가지 거름종이가 진열되어있고.

고깔처럼 생긴 거름종이는
어디에 쓰는 것입니까?
입 거름종이입니다
시기 질투 교만을 걸러내는 거름용이지요

그럼
그 옆에 하얀색 투명한 거름종이는 정수기용입니까?

아닙니다. 그건 눈 거름용입니다
사치를 걸러내고 검소함을 지니게 하는 거름용이지요

그리고
불량한 마음을 걸러내는 거름종이
못된 손버릇을 걸러내는 거름종이

거짓을 걸러내고 정직한 말만 걸러내는
귀 거름용은 없나요?
있지요. 손님 마음속에 있어요

아름다운 세상
무지갯빛 세상
좋은 세상 만드는 거름종이는

우리 마음에 있는 거름종이가 아닐까요?

월출산 가는 길에

수박 등 고개 돌아
자작나무 숲길 돌아서서
도갑사 해탈문 가슴에 안고

가파른 구비길
산마루 넘고 넘어
갈대밭 사잇길로
구정봉 지날 때

저 멀리
천왕봉에 걸터앉은
뭉게구름은 덤덤하게
아래 세상 바라보네

무거운 등짐 풀어 놓고
가파른 바위 사이에
여리게 피어있는
예쁜 꽃 찾아 대화하고

소사나무숲 길 사이로
늘려오는 이름 모를 새소리
양 볼에 스치는 봄바람은
정겹기만 하네.

기다림 1

노을이 붉게 물든
먼 산을 바라보며
당신을 사랑한다고
큰소리로 외쳤습니다

하지만 메아리는 대답 없고
아름다운 노을빛만 남기고
서산의 해님마저
먼 산 뒤로 숨어버렸습니다

내가 선 이 자리에
어두움이 짙어가고
바람 불고 스산해도
당신을 기다릴 것입니다

내일이면 어김없이
새벽 태양이 떠오르면
또다시 당신을 사랑한다고
큰소리로 외칠 것입니다

당신과 맺은 언약이기에
당신이 올 때까지 한없이
이 자리에서 기다릴 것입니다.

새날 새 아침

여명으로 맞이하는
새날 새 아침 떠오르는 태양처럼
어두움을 밝히는 빛으로
세상을 비추는 밝은 사람 되라고
어머님 기도 소리가 들린다.

오늘은 한 그릇 떡국이 차려져 있고
설날 떡국 한 그릇 먹으면
한해를 힘차게 달려가기 위함이니
건강하라는
어머님 기도 소리가 들린다.

새날 새 아침
어머님 기도로 먹는 떡국이지만
한 줄씩 늘어가는
어머님 주름살 같은 떡국이어서
마냥 즐겁지는 않다

세상에서 가장 고귀한
사랑에 떡국이
어머님의 기도라는 것을
내 어찌 모르겠는가?

그냥 혼자 이고 싶을 때가 있다

지금껏 살아온 지난날에 수많은 사람과 부딪치고
그 삶 속에 살아왔지만
때로는 그냥 혼자 이고 싶을 때가 있다.

우울한 기분으로 뜨거운 커피를 마시며
찻잔 속에 비친 야윈 내 모습을 보면
때로는 그냥 혼자 이고 싶을 때가 있다.

노을빛 물든 서호강 윤슬을 바라보고
옛 추억이 떠오를 때는 그리움이 있어
그냥 혼자 있고 싶을 때가 있다

멀리 떠나버린 사랑하는 사람도
기억 속에 남아 있는 여인도 잊고 싶어
때로는 그냥 혼자서 이고 싶다

외로움으로
때로는 그냥 혼자 이고 싶다.

사랑은

사랑은 잔잔하기만 하겠는가
바람 불며 파도치는
거친 날도 있겠지

사랑은 따뜻한 봄바람만 불겠는가
삭풍이 몰아치는
겨울 찬 바람도 불겠지

사랑은 무지갯빛
아름다움 만 있겠는가
어둡고 외로움도 있겠지

사랑이란 가을 단풍처럼
화려하기만 하겠는가 바람에 날려서
나뭇잎 떨어지는 아픔도 있겠지

사랑이란 아름다운 저녁 노을빛만 있겠는가
노을빛 사라지고
어두운 밤이 온다는 것을

사랑이란 때로는
비바람 거친 파도
어둡고 외로움도 있지만

사랑에 상처 주지 말고
삶이 다하는 날까지
사랑하는 것이 사랑일 것이다.

오늘은 좋은 날

오늘 살아있어서 좋구나
떨리는 가슴이 있고
거친 숨소리 가 있어

내가 살아있어서 좋다

봄날에는 봄바람 맞고 살며
여름에는 뜨겁게 살 수 있고
가을은 화려한 단풍을 볼 수 있어

내가 살아있어서 참 좋구나

나만의 비밀을 간직한 채
당신을 그리워하며
뜨거운 눈물을 흘릴 수 있어

내가 살아있어서 좋다

노을빛 화려한 태양에 빛깔도
어둠 속에 빛나는 별빛도
내 가슴으로 안을 수 있어

내가 살아있어서 참 좋다.

참! 좋은 인연

마음에 기쁨과 행복을
함께 나누는
참 좋은 인연이 되고 싶습니다.

맑은 아침 이슬처럼
밝은 마음으로 위로하는
참 좋은 인연이 되고

시작이 좋은 인연이기보다는
끝이 아름다운
참 좋은 인연이 되고 싶습니다

당신의 눈빛만 봐도
정감이 가는 인연

말하지 않아도 느낌만으로도
맺어진 인연

당신과 참으로
좋은 인연이 되고 싶습니다.

윤슬 1

하늘빛 바다에 뜨겁게
반짝이는 윤슬이
어디 너뿐이겠는가

밤하늘에 둥근 달빛 따라
영산강에 반짝이는
윤슬도 윤슬이지

당신에 두 눈 속에
사랑이 이글거리고
반짝이는 눈빛도
내 눈에는 윤슬이고.

당신이 아름다운
미소 속에 윤슬이
너무 눈부셔 바라보는
내 눈이 멀어버리고

내 마음에 윤슬은
당신에 두 눈빛과
뜨겁게 고동치는
당신의 사랑입니다.

윤슬 2

윤슬같이 반짝이는
당신을 바라보다가

눈이 멀어도 좋은 사랑이여

어떤 사랑은 강가에
반짝이는 윤슬처럼 사랑이

어떤 사랑은 바다에서
반짝이는 윤슬 같은 사랑도

어둠 속에서도
눈부시게 반짝이는 윤슬이

당신의 미소 속에
숨어있는 윤슬일 것입니다.

바다 5

파도치는 수평선 바다
끝이 어디일까?
어떤 곳일까 궁금하네

아지랑이 피어오르는
지평선 끝은 어디일까?
무엇 하는 곳일까
궁금증 더하고

아마도
수평선 바다 끝에는
갈매기 친구 되어
돌고래 춤추고

윤슬이 피어있는
그곳에서 당신이
날 기다리는
아름다운 세상일 듯

지평선 끝 세상에는
오곡 백화 풍성하고
예쁜 새 노랫소리 들리고

이름 모를 꽃들과
무지개가 피어있는
아름다운 세상에

당신의 사랑이
나를
기다리고 있는 곳일 거야.

와온臥溫에 가거든

고흥반도 최남단
갯마을 와온에 가거든

이른 아침
동쪽 하늘을
붉게 물들이고

떠오르는
태양의 화려한
빛깔을 보았는가?

저녁에 서쪽 하늘을
붉게 물들이고 지는
태양의 빛깔을 보았는가?

갈대숲에 물든
젊은 여인들에,
사랑도

개펄에 물든
중년에 사랑도

석양빛 물든
노년에 황혼의 사랑도

와온에 가거든
붉게 물든
석양빛에 물들어

윤슬같이
빛나는 사랑을
우리 함께 노래하자.

입지立志에서 이순耳順까지

나는 아직 당신에 뜻을 모르겠습니다

뜻을 세우는 입지立志에는
평범한 삶으로
당신에 뜻을 몰랐으며

불혹不惑에도
세속에 판단과 흔들림 없이
당신의 뜻에 따라 살아왔다고는
말하지 않겠습니다

지천명知天命에 들어와서는
욕심을 부리고 살았지만
하늘에 뜻에 따라 살아야 한다는 것을
육신을 통해서 알았습니다

이순耳順에 오니까
내 의견보다 내 뜻보다
당신 말을 듣고 따라야 한다는 것을 알았습니다

환갑還甲 진갑進甲

이제는 알 것 같습니다
당신에 뜻도 내 숙명도
내 삶을 마무리하는 방법도
이제야 알 것 같습니다.

멈추지 못해요

지구가 돌아가는 것은
멈출 수가 있지만
당신 향한 깊은사랑은
멈출 수 없어요

태양의 뜨거움은
가릴 수 있지만
당신 향한 열정은
가릴 수가 없고

흘러가는 세월과 시간을
멈출 수 있지만
당신 향해 뛰는 내 심장은
멈추지 않아요

당신 향한 사랑은
물을 불로 바꿀 수 없듯이
그 사랑 바꿀 수도 없어요.

당신 향한 사랑은 멈추지 못해요.

제4부

커피를 마시며

커피를 마시며

눈 내리는 겨울날에
차가운 커피를 마시다.
난 울었다

당신 향한 뜨거운
내 사랑 차가운 커피에
식을까 봐.
난 울었다

한여름 뜨거운 날
뜨거운 커피를 마시다.
난 울었다

당신 향한 뜨거운 내 심장
더 뜨겁게 뛰는 기쁨으로
난 울었다

진한 커피 향 코끝에 머물고
뜨거운 커피는
내 가슴을 뛰게 하고

차가운 커피는
당신 향한
사랑을 더 뜨겁게 하라고

난 커피를 마시며 울었다.

아무도 모르게

아무도
모르게
훔치고
싶은 것들이 있다.

당신에
마음

당신에
사랑

당신에
눈물

아무도 모르게
훔치고 싶다.

호박

호박꽃도 꽃이라고
말하지 마라
나는 다 알고 있다

녹색 짙게 화장하고
하얀 속살을 가진 호박도

노란색 분칠하고
노란 속살을 가진 호박도

같은 이름 같은 호박도
부드러운 녹색 피부를
가진 호박은 애호박

노란색 거친 피부와
노란 속살을 가진 호박은
그냥 호박이라고 부른다

호박에 줄 긋는다고
수박이 될 수가 없듯
호박꽃도 꽃이라고 불러도

나는 다 알고 있다

예쁜 외모보다
부드러운 피부보다
내면이 부드럽고 보이지 않은
속이 좋아야 한다는 것을

나는 다 알고 있다.

애호박

만지면 상처 될까?
조심스러운 어린 애호박
나는 녹색 애호박이 좋다

부드럽고 식감 좋아
가장 즐겨 먹는 애호박 찌개
매콤한 국물에 시린 속 달래주고

어머님 손맛 나는
녹색 빛깔 애호박나물

그리운 어머님 생각에
먹고 싶은 애호박나물

항상 그리운 어머님 손맛
애호박나물이 생각난다.

사랑을 위한 사랑은

사랑
하기 위해서는
의심을 버려야 한다

의심병 고치는
명약은 믿음뿐이다

사랑을 위해서는 무한
신뢰

사랑을 위해서는 무한
배려

사랑을 위해서는 무한
기다림

사랑을 위한 사랑은
믿음 신뢰 배려 기다림이다.

병원에서

무슨 사연 있어서
어디가 아파서
오는 사람 가는 사람

웃는 얼굴 볼 수 없고
굳은 표정 굳은 얼굴

발걸음은 왜 그리 바쁜지
쉬엄쉬엄 가더라도
아픈 병 어디 갈까

흘러간 세월 잡을 수 없듯이
나이 들어 병난 곳
누구를 탓하랴?

성성한 두 다리로
이곳저곳 다니고

한평생 좋은 곳
두 눈으로 구경하고
산해진미 입으로 맛보고

장미꽃 향기를
양손으로 받쳐 들고

그 향기 코끝에 저장하고

지금쯤 살아오며
이 한 몸 고장이 난 들
누구를 탓하랴

남은 세월 병든 몸
쉬엄쉬엄 고쳐가며
건강하게 살아가세.

덤으로 사는 삶의 기도

내가 현재 살고 있음은
당신께서 주신 생명으로
덤으로 사는 삶입니다

지천명知天命 지나
사망선고에서 당신이
날 구하셨습니다

그러나
생명의 구원에도 난
당신에 진심을 몰랐습니다

나는 생명을 잃을 위기에서
처절한 마음에
상처를 입고 헤맬 때

따뜻한 치유의 손길을 주신
여인이 있었습니다

덤으로 사는 삶의 남은 과제는
어떻게 당신의 뜻을 받들까
하는 것이
지금 나의 유일한 기도입니다.

12월이 오면

12월이 오면
조그마한 옹달샘을 찾습니다
그리고 샘물에 비친 내 초라한
얼굴을 바라봅니다

12월이 오면
높은 산봉우리에 올라
욕심 없는 마음으로
하늘 아래 세상을 내려다봅니다

12월이 오면
파도치는 바닷가에서
수평선 넘어 떠나가는
뱃고동 소리를 들으며
그리운 사람을 생각합니다

12월이 오면
내가 살아온
지난 일들을 되돌아보고
새날을 설계하고
희망찬 내일을 기대합니다.

착각

마음은 떨리고

얼굴이 빨갛고

다리도 떨리네

가슴은 두근거리고

황혼에 사랑인 줄 알았는데

부정맥이라네.

녹두 가정교육

눈보라 치는 광야로
비바람 몰아치는
들판으로 내보냈더니
녹두 알 되어 돌아왔습니다

찬바람에 감기들까?
비바람에 비 맞을까?
온실 속에 키웠더니
숙주나물 되어 돌아왔습니다

비바람 눈보라 치는
삶에 녹두 알도

따뜻한 온실 속에
삶에 숙주나물도

환경에 적응하고 살아가는
삶에 방법일 것입니다.

사랑의 힘

따뜻함 냉정함
그리움 지겨움

열정 냉정
천당 지옥
믿음 실망
기쁨 슬픔

그리움은 사랑보다
더 가까이에 있고

사랑은 치유에 힘이다.

결국 벙어리입니다

보는 것이 있어도 내 눈에는
보이질 않습니다

듣는 것도 있지만 내 귀에는
전혀 들리지 않습니다

말은 할 수 있지만
입은 벙어리가 되었습니다

눈으로 지금껏 봐왔던
영상을 그대로
저장할 수는 없습니다

내 귀가 아프도록 들은
많고 많은 사연도 있지만
녹음할 수는 없었습니다

말은 바른 말이지 느낌과
생각을 그대로 말할 수 없는
그런 벙어리가 되고 싶습니다

보는 대로 듣는 대로
말하고 싶지 않은
나는 그런 벙어리입니다.

술비

새벽부터 내리는
빗소리가 창문을 두드려
아침을 깨운다

봄이 오길 기다리며
초록 싹이 덮고 있는 하얀 이불을
내리는 술비가 녹여버리고

투박한 껍질 속에서
애타게 기다리는
여린 새싹은 비 소식에
반가워 고개 들고 미소 짓네

봄 기다리는
농부는 술비에 젖어
누룩 내 나는 막걸리 한잔에
시름을 달래며

비바람에 흔들리며
마지막 남은 낙엽은
떨어지는 아픔을 기다린 듯
외롭게 흔들리네!

사랑을 위하여

아침이슬처럼
맑은 물방울 같은 사랑을

한낮에는
뜨거운 열정에 사랑을

밤에는
은하수 별빛을 모아서 사랑을

봄에는
목련꽃처럼 순백의 사랑을

여름에는
단비 같은 사랑을

가을에는
울긋불긋 단풍 같은 화려한 사랑을

겨울에는
눈송이 두 손에 모아들고 당신께
사랑을 고백하고

당신을 사랑하기에
사랑을 위하여
사랑합니다.

꽃망울

봄비에 젖어
터지려 한 것이
꽃망울뿐이겠는가

내 마음속에
숨어있는 꽃망울도
봄비에 젖어

사랑에 꽃으로
붉게 물들어
수줍은 듯 터지려 하고

꽃망울 속에
꼭꼭 숨어있는
향기를 금방이라도

세상에 터뜨릴 듯
붉은 꽃망울로
피어오르며

꽃망울 속에
내 마음을 숨겨온
삶의 아픔 속에서도

한 송이 꽃을
피우기 위해
눈보라 겨울
찬바람을 이겨내고

봄을 기다리는
나는 날마다
아름다운 목소리로

노래하는
이름 모를 새 들에
울음소리 들으며

꽃향기 터뜨리고
예쁘게 피어있는
아름다운

꽃과 함께
외로운 내 마음을
달래주고 싶다.

명의 名醫

사랑이
무엇인지도 모르면서
사랑한다고
외쳐대는 병을 가진
나는 거짓말쟁이입니다

욕심과 이기심으로
똘똘 뭉쳐
다른 사람들을 판단하고
제 몫만 챙기는
욕심 병자입니다

악마는 저를 유혹하기 위해
애쓸 필요도 없이 작은 유혹에도
무너져버린 그런 사람입니다

하루에도 몇 번씩 변하는
장맛비처럼
조금만 유혹에도

달콤한 눈빛 한 번이면
얼씨구나 넘어가 버린
사람입니다

이런저런 못된 병에 걸린
사람이 저입니다
명의名醫들도 병을 치료하지
못하는 병이였습니다

그러나
내 병을 나옥희 당신은 나를
사랑으로 치료하고 완치해준
명의名醫가 바로 당신입니다.

바다가 좋다

바다는 밤이 깊어도
잠들지 못하고
파도는 철썩거리며
그리움 되어 밀려오네

바닷냄새 가득한
파도 소리에
깜짝 놀란 갈매기는
하늘 높이 날아가고

나를 향해
밀려오는 파도를
두 손으로 잡아보지만

움켜쥐는 손가락사이로
파도는 빠져나가 버리고

바다가 좋아
바다로 가는 것은

기쁜 날에는
기쁘게 파도치고

슬픈 날에는
슬프게 파도치는

바다가 있어 나는 바다로 간다.

상처

잠시
두 눈을 감고
사랑하고 그리워하며

보고 싶은
사람을 떠올려봅니다

그리고
그 사람의
소중함을 생각합니다

마음에 상처는
가까운 관계에서
온다고 하였습니다

나에게
믿음을 주고 사랑하며
의지한 사람에게

조그마한
상처라도 주지 않았나 눈을 감고 생각합니다

내가 생각하지
못한 작은 상처가

소중한 사람에게

큰 상처가
되지 않았나
곰곰이 생각해봅니다

그 상처를
치료하기 위해서는
눈을 감고 생각해봐도

소중한 사람에
사랑과 배려
그리고 믿음일 것입니다.

제목 없는 시 1

참!
대책이

없는

사람이구먼

사람 노릇 그만하시게

제목 없는 시 2

시기 질투도 나면서
배도 아프고
가진 것은 없는데

오직 가진 것은
주둥이뿐이다.

이 일을 어쩔까?
테스형에게 물어보소.

주님

은혜로우시고 참 좋은 주님
당신이 저를 바라보시면
눈빛보다 심장이
더 빨리 대답합니다

당신이 사랑한다고
말씀하시면
깊은 슬픔 속에서도
해맑게 웃으며 눈물이 납니다

당신이 저를 부르시면
대답보다 발걸음이
먼저 옮겨집니다

제가 오늘 이리도 삶이
어둡게 느껴지는 것은
저를 부르시는
당신을 볼 수 없기 때문입니다

제가 오늘이 고달프게
느껴지는 것은
당신을 만날 수 없기
때문입니다

주님

온통 흠집투성이인 저를
그냥 사랑스럽다고 안아주신
당신을 한 번만이라도
보고 싶습니다.

길을 나섭니다 2

평범한 사람이라면
누구나 갈 수 있는 길

그러나
아무나 쉽게 떠나지
못하는 그 길을 모험하며

사유화하기 위해
이십여 일 여정으로
카트만두로 떠납니다

가는 여정에 머물다가
가는 나라도 있지만
히말라야 설원이 궁금하고

그 풍광을
내 가슴에 품기 위해
나는 길을 나섭니다.

제5부

시가 되게 하소서

시가 되게 하소서

내가 살아가면서 느끼는 것
모든 것이
시가 되게 하소서

아름다운 사랑에
슬픔과 괴로움도
아픔에 쓰라림까지도

모두가
아름다운
시가 되게 하소서

당신을 뿌리치고
떠나는 마음도
당신을 목마르게
찾아 헤매는 발걸음까지

모두가
거짓 없는
시가 되게 하소서

두 눈으로
아름다운 꽃을 보고
코끝에 매달린

장미꽃 향기까지

모두가 시가 되게 하시고

내가 기도하는
간절한 마음까지도
시가 되게 하소서.

꽃과 잎

내가 더 당신을 사랑할까
아니면 당신이 날 더 사랑할까?

내가 먼저일까? 당신이 먼저일까?

봄을 알리는 전령사
목련 개나리 매화 등
봄꽃은 언제나 마음을 설레게 한다.

신기하게도
백목련은 잎이 돋기 전에
앙상한 가지에서 꽃이 피고

개나리도 노란 꽃을
흐드러지게 피고 난 뒤에
푸릇한 잎이 나기 시작한다.

매화나무도
꽃이 피고 난 뒤에 잎이 나고
열매가 열린다

보통 꽃나무처럼
푸른 잎이 나오고
꽃이 피고 열매를 맺는 것과는

다른 모습이다

잎이나 꽃이
누가 먼저인 것이
중요한 것보다는

자연의 조화로움과
잎을 낼 것인가,
꽃을 피울 것인가?

봄꽃에도
선택과 집중이
필요한 것처럼

사람도 삶에 과정과
사람과의 관계가
중요할 것이다.

3월의 봄 향기

봄 향기 그윽한
달래장에 냉이된장국
봄 향기를 마신다

봄 향기를 제일 먼저
느끼게 되는 나는
내가 살아있음을 알고

지나온 삶에
무게 속에서도
봄을 기다리며

자유롭게
날아다닐 수 있는
내 영혼에
날개를 달아주고 싶다

봄바람 부는 날
바람과 같이
멀리 날아가는
내 영혼을 보고 싶다.

당신을

당신이 내 곁을 떠나고
나를 버린다 해도
나는 당신을
무한 사랑할 것입니다

당신이 나를
의심해도
나는 믿음으로
당신을 사랑할 것입니다

당신이 나를
냉정하게
모른 척한다고 해도

뜨거운 내 가슴으로
당신의 마음을 녹여버리고
사랑할 것입니다

그 사랑에는
아까움도 후회도
나를 위한 이기심도 없이

당신을 사랑하는
마음으로
영원히 사랑할 것입니다.

행복의 기준

행복의 기준은
다 다를 수 있지만

사람들은 누구나
행복하길 원합니다.

행복의
기준은 달라도
여유로운 마음이

행복의
지름길이 아닐까?
생각합니다.

여유를
모르는 사람은

배려하는 마음이
그만큼 적다고도 합니다.

내가
불행하다는 것은

내가
조금 덜 행복하다는
생각에 차이고

불행과 행복은
생각에서 오는
삶에 차이일 것입니다.

당신이 나를

당신이 나를
사랑한다고 말하면

봄볕에
새싹이 기지개를 켜며
생명을 노래하듯

아름다운
당신의 숨결을
느낄 것입니다

사랑스러운
눈빛으로
나를 지켜보면

찢어지고 갈라진
상처 속에도
새살이 돋아나고

당신이 나를
사랑한다고 말하면

어둡고 힘들고 차가운
마음에 창문을 열고

고운 무지개 눈빛으로
세상을 볼 것입니다

그리고
그동안 기뻐도
기뻐할 줄 모르고

사랑이 무엇인지도
모르는 삶 속에서

굳어버린 마음에
창문을 활짝 열고
당신을 사랑할 것입니다.

내가 널 부르거든

내가 널
목 놓아 부르거든.
언제든지
달려왔으면 좋겠다.

바람 불어
파도치는 날에는
거친 파도를 타고

비바람 천둥 치는
깜깜한 밤에는
번개를 타고

내가 널
목 놓아 부르거든.

무지개처럼 아름답게
저녁노을처럼
화려한 빛으로

영산강 윤슬처럼
반짝이는
예쁜 미소로

내가 널
목 놓아 부르거든

기쁠 때는 기쁨으로
찾아오고

그리울 때는
사랑으로 찾아오고

외롭고 힘들 때는
밝은 얼굴로

내가 널
목 놓아 부르거든
언제든지 달려왔으면 좋겠다.

계묘년 癸卯年

용궁을 빠져나온
토끼의 지혜일까?

토끼 간이 필요한 용왕은
거북이에게 육지로 나가
토끼를 잡아 오라고 명령하고

토끼는 거북이의
화려한 감언이설에 속아서
용궁으로 들어간다

토끼는 자기 간을
육지에 빼놓고 왔다고
용왕에게 거짓말하고

용왕은 토끼에게 속아서
육지로 가서 토끼에게
간을 가져오라고 한다

그럼

용궁을 빠져나간
토끼의 지혜인가?
용왕을 속인

거짓말쟁이인가?

거북이는 토끼를 속여
용궁으로 데리고 간
지혜일까 거짓말쟁이인가?

용왕은 토끼를
잡아 오라고 명령하고
거북이는 토끼를
속여서 데려가고

계묘년癸卯年
용궁을 빠져나온
토끼의 지혜일 것이다.

썰물

한 줌만 달라고

한 줌만
남겨두고 가라고

많은 사연 갖고
밀려왔으니
사연 한번 들어보자고

두 손으로
움켜쥐어도

손가락 사이로
무정하게
빠져나가는구나!

짧은 사랑 편지

당
신
이
사랑스럽습니다

그리고

영
원
히
사랑합니다.

가장 아름다운 꽃

계절마다 피는
아름답고 향기로운
꽃이 있지만

그중에서도
더욱 아름다운 꽃이
하나 더 있지요

봄날에는
온 세상을 하얗고
예쁘게 밝히는 벚꽃

앵두 빛 입술 같은
빨간 장미꽃

여름에는
붓끝같이 봉오리로
피어나는 나팔꽃

예쁘게
손톱에 물들이고
손대면 터질듯한 봉선화

가을에는
맑고 높은
가을 하늘 같은 코스모스
고결하게 피어나는 국화

겨울에는
하늘에서 내려오는
송이송이 하얀 눈꽃

앙상한 가지에
여리게 피어나는 매화꽃

그중에서도 가장 아름답고

사계절 변함없이 피고 지는
당신의 얼굴에 피는 웃음꽃

그리고

당신의 마음속에서
아름답게 피어나는
마음에 꽃일 것입니다.

아내

아내는
그동안 참
많이 참고 살았구나

아내는
정말 많이 양보하고
살았다는 것을
알았습니다

아내는
평생 가족을 위해
희생으로 삶을 살았다는 것을
이제야 알 수 있었습니다

지금 아내를 바라보니
젊은 모습 간 곳 없고
주름살만 눈에 보입니다

나이가 들어
아내를 바라보니
사랑할 수밖에 없습니다

아내는
사랑받기 위해
태어난 사람입니다.

때로는 가끔씩

가끔은
외롭게 혼자 이고
싶을 때가 있다.

어두움을 뚫고
빛을 발하는 해님은
나에게 희망을 주지만

때로는
외롭게 혼자가 이고
싶을 때가 있다

빛을 잃은 이른 아침
흰 달도 잠잘 자리를 찾아
헤매듯

가끔은
조용히 혼자 있고
싶을 때가 있다

인생은 바람같이
이슬같이 사라지지만

때로는
외롭게 혼자이고 싶다.

커피잔 속에

바람 한 점 없는
뜨거운 커피잔 속에
사랑 만 남기고
떠나버린 사랑도

파도 한 점 없는
달콤한 커피잔 속에
그리움을 남기고
떠난 그리움도

얼음처럼 차가운
커피잔 속에 이별을
남기고 간 슬픔도

칠흑 같은 어두운
커피잔 속에

당신의 모습까지도
감추고 떠난
무정한 사람까지

뜨거운 커피도
달콤한 커피도
차가운 커피도

진한 커피 향으로
가슴속 깊은 곳에
남아 있네.

순응하는 삶

가을하늘 뭉게구름
흘러가는 것은
바람이 있어서
흘러가는 것이며

강물이 바다로
흘러가는 것은
높은 골짜기가 있어
흘러가는 것입니다

연어가 강물을 힘차게
거슬러 올라가는 것은
목적지가 있어
거슬러 가는 것이고

그리움에
젖어 있는 것은
사랑하는 사람이 있어
그리운 것입니다.

커피처럼

커피처럼 뜨거운
정열적인 삶으로

커피처럼 향기로운
기쁨으로 사랑을

커피 향처럼
부드럽고 그윽한
첫사랑 향기를 찾아

커피색과
잘 어울리는 여자

커피 향과
잘 어울릴 듯한 여자

첫사랑 커피 향이 그리워
난 오늘도
커피를 마신다.

가을로 가자

끝을 알 수 없는
높고 높은
가을하늘

태양 빛에
단풍은 붉게
물들어가고

바람에 흔들려
알밤 떨어지는
소리가 들린다

신이 맨 처음
습작으로 만든
소녀의 순정

코스모스가 피는
가을로 가자

바람에 떨어지는
단풍잎에 편지를 써

도랑물에 띄어보네
그리운 사람에게 안부를 묻고

풀 벌레가
목청껏 노래하며

오곡 백화 익어가는
가을로 가자.

기다림 2

나는
그리움으로
오늘 하루를 기다렸습니다

맑고 영롱한
아침이슬이
햇볕에 곱게 물들고

아침 햇볕 받아
당신 가슴이
뜨거워질 때까지

오늘
하루를 기다렸습니다

아름다운 노을빛으로
당신의 양 볼에
빨갛게 물들 때까지

오늘
하루를 기다렸습니다

내 마음속
타오르는
뜨거운 사랑을
당신께 드리고

가슴속 깊이
앓고 있는
냉가슴을
사랑한다고 고백하고 싶어

나는
오늘
하루를 기다렸습니다.

좋아요, 싫어요

이런 여자는 좋아요
가려운 곳 찾아서
긁어 주는
여자

집안을
일으킬 수 있는
지혜로운
여자

잘못했어도
화 한번 내고
용서할 줄 아는
여자

넓은 마음으로
가정을 화목하게
만드는
여자

이런 여자는 싫어요
나이트클럽에서
술 마시고 발광하는
여자

술 마시고
주사 부리고
한없이 우는
여자

마음에 들면
사고 보는
낭비벽이 심한
여자

명품이
아니면
쳐다보지도 않은
여자

좋아요. 싫어요
그런 여자는.

당신께

나는
수평선에 살고 싶다
하늘이 가까워

긴~장대만 휘둘러도
예쁜 별 딸 수 있고

나는
지평선에서도 살고 싶다
하늘이 가까워

깨금발만 디디면
초승달도 딸 수 있다.

반짝이는 예쁜 별 따서
당신께 선물할
목걸이 만들고

하늘에서
노란 초승달 따다 가
당신 머리에 꽂아주고

지평선과 수평선 만나는
애평선愛平線에서

예쁜 별 목걸이
당신 목에 걸어주며
사랑한다고 말할 것입니다.

봄날

봄바람에 녹아내린 도랑물에
목마름을 채운 여린 새싹이

기지개를 켜는 모습을 보니
봄은 봄인가보다

나물 캐는 아낙네 웃음소리가
들녘을 채운 걸 보니
봄은 봄인가보다

양지바른 언덕빼기 동네 아이들은
불장난에 재미 들어

목소리가 커지는 걸 보니
봄은 봄인가보다

살랑거린 봄바람에
보고 싶은 친구에게
봄소식 전해주고

어디든 떠나고 싶은 것이
봄은 봄인가보다.

길을 나섭니다 2

평범한 사람이라면
누구나 갈 수 있는 길

그러나
아무나 쉽게 떠나지
못하는 그 길을 모험하며

사유화하기 위해
이십여 일 여정으로
카트만두로 떠납니다

가는 여정에 머물다가
가는 나라도 있지만
히말라야 설원이 궁금하고

그 풍광을
내 가슴에 품기 위해
나는 길을 나섭니다.

부부

부부란 혈육이 아닌 사람으로서 부부만큼 오랫동안 사랑으로 결합한 관계는 없을 것입니다.

그런데 부부의 사랑도 단계별로 변화를 겪지요. 젊었을 때는 불꽃 같은 열정이 있고, 나이가 들면 열정의 자리가 꾸준한 친밀감과 함께 만들어 내는 일들로 메워집니다.

불꽃 같은 열정이 약해진다고 해서 실망할 필요는 없습니다. 오히려 깊고 은은하게 지펴지는 화로 속의 빨간 숯불이 대신해 줄 것이기 때문입니다. 이와 같은 친밀감이 노년에 와서는 헌신으로 변하지요.

저 같은 경우는 친척 누나로부터 소개받아 지금의 아내를 만났습니다. 그 시절, 다방 요즘 말로 커피숍에서 맞선을 보고 뜨거운 열정보다는 신뢰할 수 있는 여자인지 대화하고 마음에 들어서 결혼했기에 처음부터 화롯불이 아니었나 생각합니다.

열정의 사랑보다 신뢰할 수 있는 믿음 평생 함께할 수 있다는 자신감으로, 부부의 인연으로 함께 삶을 살았고 화롯불같이 은근하게 사랑한 부부였다고 말할 수 있습니다.

언젠가 친구 아버지가 돌아가셔서 천지 장례식장에 조문한 적이 있습니다. 그런데 자기 동생을 먼저 떠나보내고 장례식장 구석에 앉아 소주잔을 기울이는 친구의 큰아버지는,

"내가 암으로 고생할 때 자식이나 며느리는 다 필요 없더라. 내 아내만이 열과 성을 다해 나를 돌보더라."

라고 독백하시더군요.

세상의 아들과 딸들이여, 제 친구의 큰아버지 말에 너무 섭섭해하지 마십시오. 당신들은 당신들의 자식들에게 부모에게서 받은 만큼 사랑을 쏟아부을 것이고, 비록 불꽃 같은 사랑은 사그라질지라도 당신 곁에는 은은하고 깊은 화로 속 따뜻한 숯불이 자리를 지키고 있을 것입니다.

물론 세상의 아버지와 어머니들이여, 자식들이 좀 서운하게 하더라도 실망하지 마십시오. 당신들은 당신들의 부모에게 당신들이 자식들에게 쏟아부은 사랑만큼 못해 드리지 않았나요?

'내리사랑은 있어도 치사랑은 없다.'라는 말이 있습니다.
윗사람이 아랫사람을 사랑하기는 하여도, 아랫사람이 윗사람을 사랑하기는 쉽지 않다는 말입니다.
부모와 자식에게도 그대로 적용됩니다. 그러나 주변에서 치사랑의 사례를 종종 보게 되는데, 우리 모두 대리사랑은 물론이지만, 치사랑도 실천하고, 이런 미담이 좀 더 확산하기를 기대해 봅니다.

방학 숙제

초등학교 시절,

봄방학 여름방학 겨울방학을 하면서 그냥 풀어놓고 놀라고 하지 않고 꼭 방학 숙제를 내주었다. 교과서처럼 된 방학 숙제장이라는 것도 주지만 특히 여름방학에 빠지지 않고 주는 숙제는 여름방학 숙제장하고 곤충채집과 일기 쓰기였다.

아마 학교에서 내준 숙제 중 곤충채집은 실제 우리 주변에서 살고 있는 곤충을 좀 더 다양하게 알아보라고 내준 과제였을 것이다.

'곤충채집'은 책에서 배운 곤충들과 인간들이 자연환경 속에서 어떤 조화를 이루며 살고 얼마만큼 많은 곤충이 주변에 있는지 관찰해보고 채집하면서 체험해보라는 요즘 학교에서 말하는 '체험학습'의 일종일 것이다.

그러나 숙제 본연의 의도와는 전혀 달리 여름방학 숙제는 나뿐만이 아니라 누구를 막론하고 대부분 방학 동안 늦장 부리고 떵가떵가 놀다가 여름방학 끝날 때쯤에는 아차 싶어서 막판에 몰아치기 숙제를 시작한다.

개학하기 전, 제일 먼저 하는 건 여름방학 숙제 중에 일기를 가짜로 몰아 쓰기다. 매일 쓰기는 싫고 따분한 일기를 거짓으로 만들어 쓰는 건 어제오늘 일은 아니지만 대충 일기 내용은 일찍 일어나 세수하고 아침 먹고 숙제하고 부모님 심부름하고 착한 일을 한두 가지 정도 쓰고, 매일 반복된 내용으로 한 달 분량을 한꺼번에 쓴다.

　여기서 가장 힘든 것은 한꺼번에 쓰다 보니 날씨를 기억하지 못한다는 것이다. 날씨란에 비, 흐림, 맑음을 써야 하는데 한꺼번에 쓰다 보니 늘 날씨가 문제였다. 지금 같으면 스마트 폰으로 날씨를 검색하여 쓸 수 있지만, 그때는 방법이 없었다. 비 오는 날에 맑음을 쓸 수도 없다.

　그래서 일단 일기는 거짓으로 대충 쓰고 매일 일기를 쓸만한 친구를 찾아가서 사정해 보지만 그 친구는 얄궂게도 보여주지 않으려고 한다. 일기장 내용이 공개되다 보니 보여주지 않으려고 하는 것이다. 결국 사탕이라도 하나 사주고 사정할 수밖에 없다. 그래도 그동안 땡가땡가 놀았던 것에 비교하면 훨씬 이익이다. 일기장 내용은 플라스틱 책받침으로 가리는 조건으로 거래가 성사되고, 날짜별로 비, 흐림, 맑음 표시를 메모해서 내 일기장 날씨 쓰는 난에 한 달의 날씨를 한꺼번에 몰아 쓰고 일기장 쓰기를 마무리한다.

　그리고 또 곤충채집을 위해서 잠자리채를 만든다. 채를 만들기 위해서는 버드나무 가지를 둥그렇게 만든 다음 대나무 가지 끝에 묶고 거미줄을 붙이고 곤충들이 돌아다닐 때를 기다린다.

　저녁노을이 물들어갈 때쯤 잠자리채를 들고 산으로 들로 다니며 닥치는 대로 다잡는다. 종류도 종류지만 마릿수도 최소 두세 마리 이상 채집해서 숙제의 분량을 채운다.

　잡아 온 곤충은 골판지를 뜯어서 골판지 판에 핀으로 단단하게 고정하고 곤충의 날개나 다리가 떨어지지 않도록 고정한 다음 뜨끈한 부뚜막에 올려서 대충 말리면 곤충채집 표본이 완성된다.

그다음 순서는 방학 책 풀이다. 그런데 이것이 문제였다

방학 숙제장에 여러 가지 문제를 풀고 쓰고 해답을 쓰려면 요즘 말로 머리 아프고 시간 낭비라는 궤변을 들먹이며 정당화시키고, 똑똑한 친구의 지혜를 빌릴 수밖에 없다. 숙제를 다 했을 만한 친구를 수소문하고 매수하기 위해서 하다못해 갱엿이라도 갖다주고 완성한 방학 숙제 책을 빌려서 답을 보고 내 숙제장에 베낀다.

그렇게 한두 시간이면 한 달 떵가떵가 놀고도 숙제를 끝낼수가 있다. 그렇게 해서 모든 방학 숙제를 마무리한다.

방학 끝나고 숙제장을 제출하면 선생님은 모든 사실을 아시면서도 빨간 색연필로 동그라미를 크게 그려주시고 "참 잘했어요"라고 써주셨다. 이것이 요즘 말로 요령이라고 해야 할까? 지혜라고 해야 할까? 결국은 늑장 부리다가 방학 숙제를 한꺼번에 하는 것이었다.

이런 늑장에 관한 것은 기원전 4,000년 전 이집트인들이 사용한 상형문자에도 그 의미를 나타내는 단어가 최소한 여덟 개이상 있었던 것으로 알려져 있다. 기원전 700년경에 활동한 헤시오도스는 「노동과 나날」이라는 시에서 늑장 부리는 사람이일을 망친다고 한탄하였다고 한다. '엘리샤 그레이'라는 사람은 '벨'보다 전화를 먼저 발명하고도 특허 등록을 미루다 역사적인전화 발명의 명예를 벨에게 안겨주고 말았다.

이처럼 중요도와 관계없이 동서고금을 막론하고 인류는 거의모든 영역에 걸쳐 '늑장'이라는 문제에 직면해왔다. '늑장'을 연구한 피어스 스틸은 늑장을 '일을 제대로 하지 않으면 나쁘다는

것을 알면서도 자발적으로 일을 미루는 행위'라고 정의하고 있
다. 또 다른 연구에서는 대부분 사람이 지나친 자신감이나 미래
에 대한 기대치 때문에 늑장을 부린다는 사실이 밝혀졌으며 또
한 신중함과 절제력의 부족, 충동성, 산만함 등이 늑장의 핵심
원인이라는 것도 밝혀졌다고 말한다.

　나 역시 늑장 부리기 선수였다. 학교 다닐 때 방학 숙제도
시험공부도 목전에 닥쳐서야 벼락치기 했고, 지금도 어떤 일을
미리미리 준비하기보다는 임박해서 하는 경우가 더 많았다.
　그러면서 일이 목전에 닥쳤을 때 능력이 가장 잘 발휘된다는
말로 늑장을 정당화하기도 했다. 물론 급하면 집중력이 생기는
것도 사실이기는 하지만…….
　지금이라도 늦지 않아서 늑장과 굿바이를 다짐해본다.
　지금 생각해보면 늑장이 초등학교 시절의 추억이지만 요즘
아이들 보면 방학 숙제와 관련한 이런 추억들이 없을 듯하여
아쉽기만 하다.

　방학 숙제장 빌려준 친구들, 고맙고 보고 싶다. 그리고 베껴
써서 완성된 내 방학 숙제장 빌려 간 친구 그때 공짜로 빌려
갔으니 막걸리 한잔 사주시게나.
　그 시절 그 친구들이 많이 보고 싶다.

가장 소중한 선물 - 조양우 제2시집

초판 1쇄 찍은 날 | 2024년 01월 08일
초판 1쇄 펴낸 날 | 2024년 01월 11일

지은이 | 조 양 우
펴낸이 | 최 봉 석
디자인 | 정 일 기

펴낸곳 | 동산문학사
출판 등록 | 제611-82-66472호
주소 | 광주광역시 남구 대남대로 340, 4층(월산동)
전화 | (062)233-0803
팩스 | (062)233-0806
이메일 | dsmunhak@hanmail.net

값 15,000원

ISBN 979-11-88958-83-2 03810